T0132209

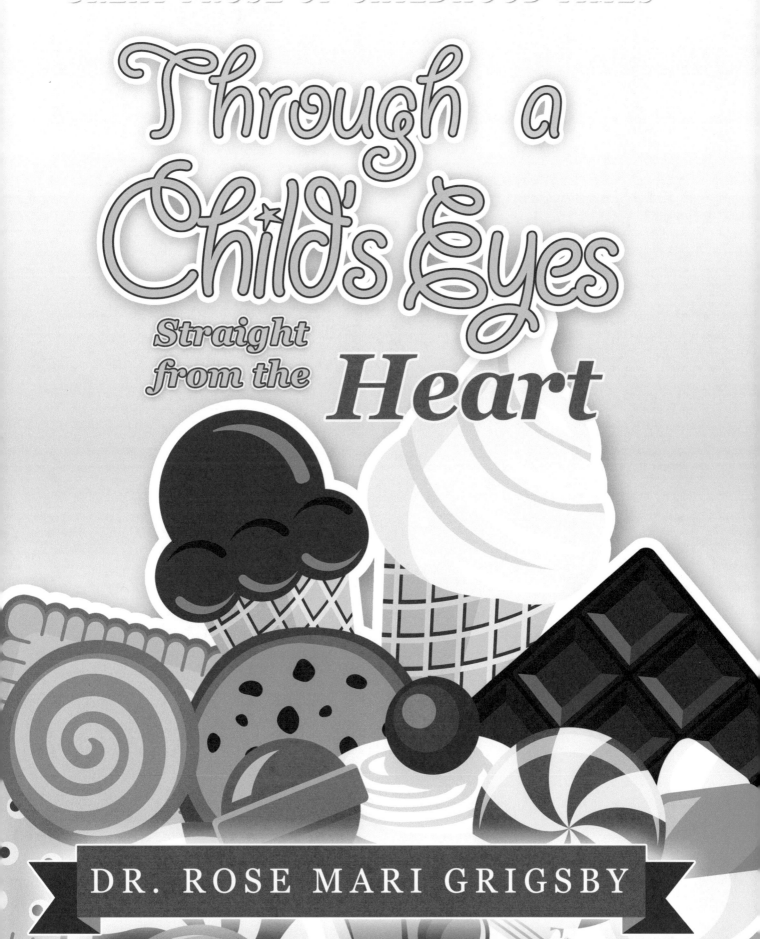

GREAT PROSE OF CHILDHOOD TIMES

Through a Child's Eyes

Straight from the Heart

DR. ROSE MARI GRIGSBY

A través de los ojos de un niño

Directamente desde el corazón

DR. ROSE MARI GRIGSBY

AuthorHouse™
1663 Liberty Drive
Bloomington, IN 47403
www.authorhouse.com
Phone: 833-262-8899

Because of the dynamic nature of the Internet, any web addresses or links contained in this book may have changed since publication and may no longer be valid. The views expressed in this work are solely those of the author and do not necessarily reflect the views of the publisher, and the publisher hereby disclaims any responsibility for them.

Any people depicted in stock imagery provided by Getty Images are models, and such images are being used for illustrative purposes only. Certain stock imagery © Getty Images.

This book is printed on acid-free paper.

Cover design Dr. Rose Mari Grigsby
Art by Arianna Ellison
EllisonArianna8@gmail.com

ISBN: 979-8-8230-1206-5 (sc)
ISBN: 979-8-8230-1208-9 (hc)
ISBN: 979-8-8230-1207-2 (e)

Library of Congress Control Number: 2023913729

Print information available on the last page.

Published by AuthorHouse 11/16/2023

authorHOUSE®

AuthorHouse™
1663 Liberty Drive
Bloomington, IN 47403
www.authorhouse.com
Teléfono: 1 (833) 262-8899

Diseño de portada por Dr. Rose Mari Grigsby
Arte de Arianna Ellison
EllisonArianna8@gmail.com

ISBN: 979-8-8230-1206-5 (tapa blanda)
ISBN: 979-8-8230-1208-9 (tapa dura)
ISBN: 979-8-8230-1207-2 (libro electrónico)

Numero de la Libreria del Congreso: 2023913729

Información sobre impresión disponible en la última página.

Publicada por AuthorHouse 11/16/2023

authorHOUSE®

Dear Parent,

The Through A Child's Eyes series are just right for children. This book uses simple and playful language rhymes and repetitions for comfort and fun. The collection offers a wide variety of books for young readers to enjoy.

Through A Child's Eyes will:

- Develop positive attitudes about reading and build on successful reading experiences.

- The author has designed this series for you and your child to share in the wonderful world of rhymes and rhythm of childhood times.

- Through a Child's Eyes, is the first of many in a series of child-oriented prose.

Estimado padre de familia,

La serie de libros *A través de los ojos de un niño* es perfecta para los niños. Utiliza un lenguaje simple y lúdico, como la rima y la repetición, para mayor comodidad y éxito. La colección ofrece una amplia variedad de libros para que los lectores jóvenes los lean y disfruten.

A través de los ojos de un niño hará lo siguiente:

- Desarrollar actitudes positivas sobre la lectura y aprovechar las experiencias de lectura exitosas.

- La autora ha diseñado esta serie para que usted y su hijo compartan el maravilloso mundo del ritmo y las rimas de la infancia.

- A través de los ojos de un niño, es la primera de muchas de una serie de prosa orientada a los niños.

Each level of the Through A child's Eyes series provides gradual challenges to help young readers become emotionally in tune with their joys and fears while becoming a more confident reader.

Level one—books use simple repetitive words and sentences for toddler

Level two—books have more challenging words and sentences for more advance children

Level three—books provide longer and more complex stories for children 7-11

Cada nivel de la serie A través de los ojos de un niño presenta desafíos graduales para ayudar a los lectores jóvenes a sintonizarse emocionalmente con sus alegrías y miedos y, al mismo tiempo, a convertirse en lectores más seguros de sí mismos.

Nivel uno: los libros utilizan palabras y oraciones simples y repetitivas para niños de 3 a 5 años

Nivel dos: los libros son palabras y oraciones más desafiantes para niños de 5 a 7 años

Nivel tres: los libros ofrecen historias más largas y complejas para niños de 7 a 11 años

Through a Child's Eyes

Straight from the Heart

Great Prose of Childhood Times

Book 1

By Dr. Rose Mari Grigsby

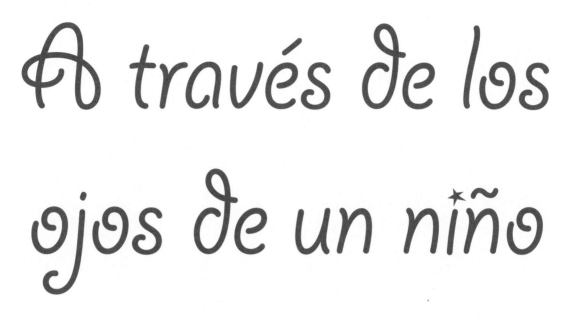

A través de los ojos de un niño

Directamente desde el corazón

Gran prosa de la infancia

Libro 1

Por Dr. Rose Mari Grigsby

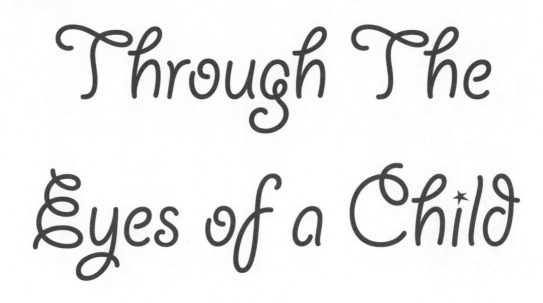

Through The Eyes of a Child

Through the eyes of a child we are so good.

Through the eyes of a child we are so strong.

Through the eyes of a child we can do no wrong.

Through the eyes of a child we mean safety and home.

These eyes let us not make a lie.

A través de los ojos de los ojos de un niño

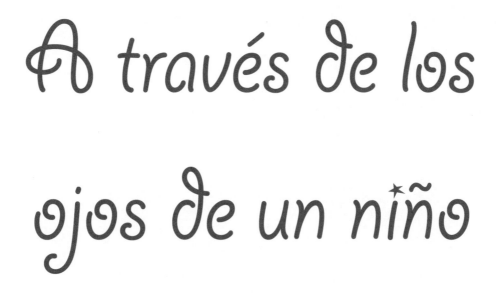

A través de los ojos de un niño, somos buenos.

A través de los ojos de un niño, somos fuertes.

A través de los ojos de un niño no podemos hacer nada malo.

A través de los ojos de un niño nos referimos a la seguridad y el hogar.

Estos ojos no nos permiten mentir.

Contents

Tabla de contenido

Ship of Love
Barco del amor

My vessal
my mothership
my everything

Mi embarcación
Mi nave nodriza
Mi todo

My life
I eat, sleep, grow and float
around and round for months

Mi vida
Como, duermo, crezco y floto
durante meses

Until one day its my time
to come out and play
to meet the light day

Hasta que un día sea mi hora
para salir a jugar
para conocer el día de la luz

One day my mothership
must pull into shore
to take her cargo home
with love to share and grow

Un día, mi nave nodriza
Debe llegar a la orilla
Para llevar su carga a casa
Con amor para compartir y crecer

Little Fish
Pececito

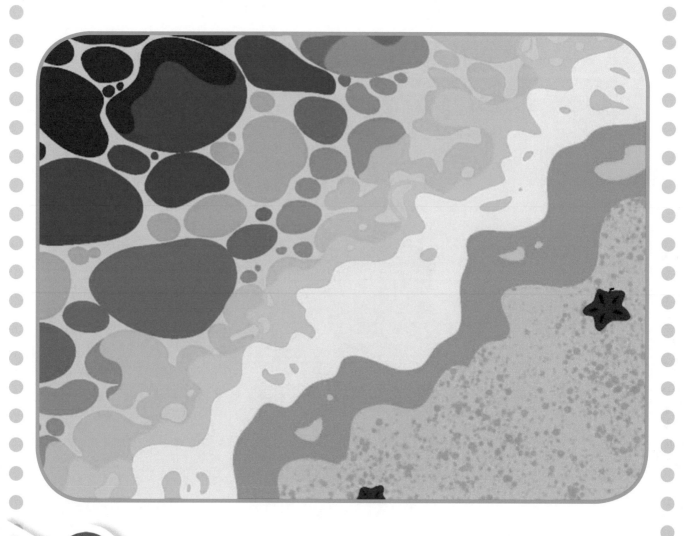

Little fish in the pond
don't swim away so quickly
Little fish in the pond

Pececito en el estanque
No te alejes nadando tan rápido
Pececito en el estanque

Come here close by me
little fish in the pond
tell me what is wrong

Ven aquí cerca de mí
Pececito en el estanque
Dime qué pasa

No one is here but us
come play and
have some fun

No hay nadie aquí excepto nosotros
ven a jugar y
diviértete

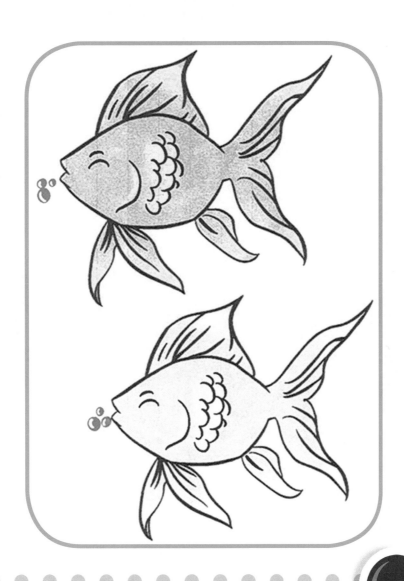

Ducks
Patos

Duck, duck, duck
Swimming in the pond
duck, duck, duck

Pato Pato Pato
Nadando en el estanque
Pato pato pato

You can't stay
for very long
duck, duck, duck

No puedes quedarte
Durante mucho tiempo
pato pato pato

Winters on the way
duck, duck, duck
hurry
fly away!!!

Los inviernos están en camino
pato pato pato
¡Apresúrate!
¡¡¡¡Vete volando!!!

Mine
Mío

Mine, Mine, Mine
No, all mine
All of you

Mío, mío, mío
No, todo mío
Todo

All mine
All of your love
All of your time
All all mine

Todo mío
Todo tu amor
Todo tu tiempo
Todo mío

Help
Ayuda

**Sucking fingers,
sucking thumbs,
bed wetting**

**Chuparse los dedos,
chupándose los pulgares,
mojarse la cama**

I feel so glum
I don't know why
these things I do

Me siento tan triste
No sé por qué
estas cosas que hago

When you were young
did you do them too?
If so, you turned out
quite alright

Cuando eras joven
¿También los hiciste?
Si es así, resultaste
bastante bien

so can you help me
through this time
of fright?

¿Me puedes ayudar?
durante este tiempo
de susto?

What's That
¿Qué es eso?

What's that?
It looks like a cookie

¿Qué es eso?
Parece una galleta

Whats that?
It looks like candy

¿Qué es eso?
Parece un dulce

Whats that?
It looks like ice cream
Whats that?
It looks like my hand.
reaching for al the goodies it can.

¿Qué es eso?
Parece helado.
¿Qué es eso?
Se parece a mi mano.
buscando todo lo bueno que pueda.

10 Stars
10 estrellas

One star
two stars
high up in the sky

Una estrella
dos estrellas
en lo alto del cielo

Three stars
four stars
time to say bye bye

Tres estrellas
cuatro estrellas
hora de decir adiós

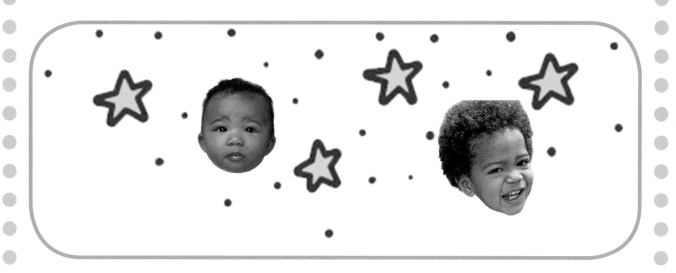

Five stars
six stars
oh no don't you cry

Cinco estrellas
seis estrellas
oh no, no llores

Seven stars
eight stars
yes you have my heart

Siete estrellas
ocho estrellas
sí, tienes mi corazón

Nine stars
ten stars
time to say good night

Nueve estrellas
diez estrellas
hora de decir buenas noches

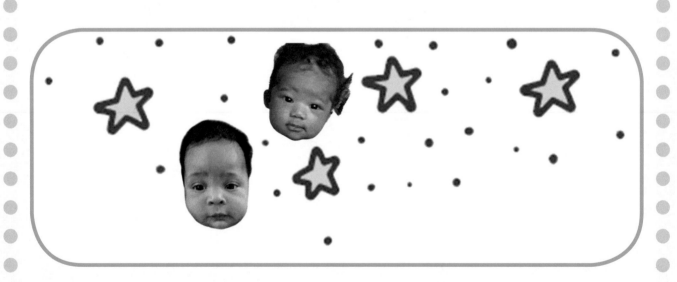

I won't be far away
go to sleep now, no more play

No estaré muy lejos
ve a dormir ahora,
no juegues más

Busy
Ocupado

Busy, busy, little bee
spreading honey to
All you see

Ocupado, ocupado, abejita
esparciendo miel a
todo lo que ves

Helping others
however you can

Ayudando a los demás
del modo en que puedes

To sit and rest
by lending a hand

Sentarse y descansar
echando una mano

Busy, busy little bee
time to calm down now
time to go to sleep

Ocupada, ocupada,
pequeña abejita
hora de calmarse, ahora
hora de ir a dormir

Printed in the United States
by Baker & Taylor Publisher Services